AF599969

CAUTIVIDAD

(Homenaje a Iréne Némirovsky)

Iván Carrasco

Aliarediciones

Corrección: Inés González Calo
Diseño de cubierta: Mónica Morales
Maquetación: Aliar Ediciones

Depósito Legal: GR 88-2026
ISBN: 979-13-88058-56-1

Impreso en España

Edita
ALIAR Ediciones
www.aliarediciones.es
info@aliarediciones.es

CAUTIVIDAD

(Homenaje a Iréne Némirovsky)

Iván Carrasco

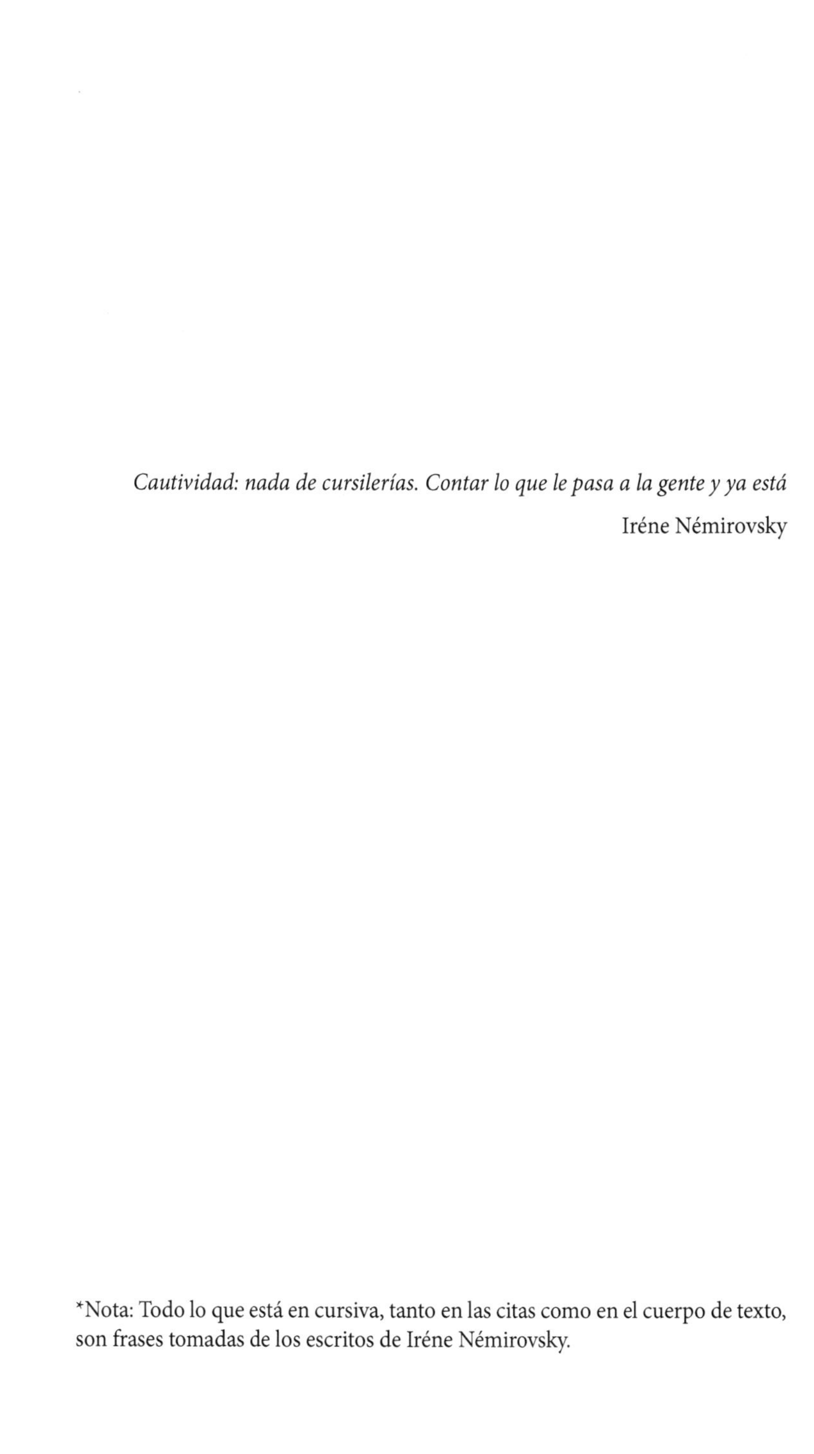

Cautividad: nada de cursilerías. Contar lo que le pasa a la gente y ya está

Iréne Némirovsky

*Nota: Todo lo que está en cursiva, tanto en las citas como en el cuerpo de texto, son frases tomadas de los escritos de Iréne Némirovsky.

Introducción

Somos una raza ávida, hambrienta desde hace tanto tiempo que la realidad no basta para alimentarnos.

En los apéndices de *Suite Francesa*, novela «inacabada» escrita a vuelo de pluma por Iréne Némirovsky (ya quisiera yo tener ese vuelo de pluma), ella anota que la novela constará de cinco partes, pero solo llegó a escribir dos: *Tempestad en Junio* y *Dulce* antes de que la locura nazi la destrozara, algo inimaginable para ella, pues justo al acabar esta segunda parte, *Dulce*, los gendarmes franceses la detuvieron y la entregaron a los conquistadores alemanes que demonizaron a los judíos (en política lo esencial es tener un enemigo) para robarles todo, incluso la vida.

Su culpa fue haber nacido judía. Desde entonces se convirtió en cautiva, una cautiva que nunca volvió a ver ni a sus hijas, las cuales lograron sobrevivir ayudadas por mujeres francesas que se jugaron sus cargos y su futuro por esconderlas y guardar el manuscrito de su novela, ni a su marido (pobre hombre, ella nunca supo que él, tras mover cielo y tierra intentando salvarla, había seguido sus huellas y se ofreció a los nazis, en Alemania, como intercambio. «Otro al saco, y sin buscarlo, y encima rico», gritaron los nazis alegremente tras requisarle los 8.500 francos que llevaba y, por supuesto, lo mataron casi enseguida, se creía alguien y protestaba demasiado).

Ella era ya una renombrada escritora, pero apenas sobrevivió un mes. *Cautividad* es el nombre reservado por ella para la tercera parte de *Suite Francesa*, y yo me pregunto: ¿tal vez intuyó su propia cautividad?

Según Primo Levi, en el campo de concentración había dos tipos de personas: los hundidos y los salvados. Indudablemente, Irene fue una hundida.

Sus últimas letras, escritas a lápiz y a escondidas, fueron estas:

Mi querido amor, mis adoradas pequeñas, creo que nos vamos hoy. Valor y esperanza. Estáis en mi corazón, amados míos. Que Dios nos ayude a todos.

Pero Dios jamás ayuda, pese a ser tan misericordioso.

La detención

Por primera vez en su vida,
sintió un estremecimiento de aprensión ante lo desconocido.
Le parecía que una mano helada le apretaba el corazón.

Han Llamado a la puerta. Son los gendarmes del pueblo. Traen una orden de detención «a mi favor» por judía, por haber nacido judía, nada más. Mi nombre está en la lista y no hay nada que hacer. Me trasladarán a la gendarmería de Toulon S/ Arroux y luego me entregarán a los nazis. Me reclaman como suya.

—Tiene cinco minutos para coger lo más imprescindible y despedirse de sus allegados —me dicen.

Yo intento explicarles: soy católica, me siento francesa, nunca he profesado el judaísmo, el pilar de nuestra raza, pero me han cortado en seco.

—Son órdenes de la comandancia, estamos en territorio ocupado y nuestro gobierno ha dictado una ley que permite estas detenciones. Le repito: cinco minutos para recoger sus cosas —añadió el gendarme, y salieron a fumarse un pitillo mientras yo sentía que una losa me acababa de caer encima. Tonta de mí, pues me confié porque me sentía francesa, intocable gracias al reconocimiento de mi obra. Había podido huir, y siempre había contemplado los pogromos desde lejos, pero ahora me tocaba. Recuerdo que escribí: *Eso a mí nunca me pasará, jamás*, y ahora me está pasando, ¡Dios mío, qué horror!

Atisbé por la puerta abierta y vi dentro del *jeep* a otro judío detenido, lo llevaba escrito en la cara, en los ojos medrosos y escurridizos, y en la ropa marcada con la estrella de David. Estaba sentado en el asiento de atrás mirando fijamente al vacío con una expresión absoluta de abatimiento e incredulidad.

Con mis hijas me hice la dura: «Me voy de viaje», les dije. Mientras guardaba lo que podía en una maletita, hablé con Michel sobre a quién recurrir para salir de este mal paso... porque esto no puede ser... no, a mí no me pueden detener arbitrariamente. «Moveré cielo y tierra», me juró él, y ya los tuvimos otra vez en la puerta diciéndome que me despidiese definitivamente y subiese al *jeep*. Ni una lágrima. «De viaje», le dije a Denise mientras por dentro me rompía.

Mi marido quedó desolado y Denise no me creyó. La pobre Babet apenas se enteró, con revolcarse en la hierba con niños y perros le bastaba.

¡Qué llevaderas parecen las desgracias cuando solo afectan a los otros! ¡Qué fuerte que parece el cuerpo cuando el que sangra es otro...! Recordando esta frase me senté en el asiento de atrás y partimos en busca de otra víctima en otro pueblo. Saludé al judío, apenas me contestó, tan ensimismado estaba en su propia desgracia. Continuó taciturno lamentándose íntimamente de no haber huido a tiempo, de no haber hecho caso a los consejos de... como yo. Silenciosos, ensimismados, traicionados, convertimos

al *jeep* en una especie de funeral, incluso los gendarmes mantuvieron un mutismo que, en su caso, era de culpabilidad: ¿qué hacían deteniendo inocentes?

La gendarmería

Todo el mundo está de acuerdo en la necesidad de sacrificio siempre que lo haga el vecino.

Horas y horas esperando a los boches. Los gendarmes no saben cuándo mismo vendrán y parece que quieren disculparse por haberme detenido. Tienen vergüenza y me han dado un montón de grosellas, sabrosísimas y, uno de ellos, un lápiz y un trocito de papel para escribir una nota a mi familia, cuando pueda se la llevará. Repiten: los alemanes me reclaman por judía y pronto vendrán a llevarnos para interrogarnos y, probablemente, internarnos en un campo de trabajo. La guerra necesita mucha mano de obra barata, aparte de que somos parte de una conspiración internacional contra el mundo entero y, en especial, contra los alemanes.

«Son órdenes de nuestro propio gobierno —añaden—. Ahora los franceses obedecemos y punto», pero yo sé que entre ellos hay muchos colaboracionistas. Muchos franceses nos odian por judíos, y algunos judíos también. Somos los renegados, los bautizados, los... Y los judíos de Palestina, mientras más víctimas, más simpatía despiertan y más ayudas reciben.

Igual todo esto luego me sirve para continuar *Suite Francaise*, sí claro, *Cautividad*... y es que esto no puede durar. Soy importante, conocemos gente importante. Ahora me maldigo y remaldigo por ser tan incauta y pienso frenéticamente en a quién recurrir. Francia no me puede abandonar, pese a que desde hace tiempo me traiciona. He apostado por ella. Escribo en francés y soy una gran escritora. Nunca me he sentido judía, ¡nunca!: ni pan ácimo ni darme de cabeza contra el Muro de las Lamentaciones, aunque desde que pusieron en las puertas de algunos locales: «No se admiten ni perros ni judíos» algunos amigos desaparecieron y ni siquiera me han contestado cuando los he buscado, y el desgraciado de Grasset, que tanto me alabó cuando triunfé con mi primera novela y luego me publicó todo, enseguida quitó mis libros del mercado. Estoy señalada desde hace años. Ni siquiera puedo firmar con mi nombre lo que publico, y desde hace unos meses llevo, llevamos, cosida la estrella judía en nuestras ropas para que todo el mundo nos señale. Pero en el pueblo donde vivo nadie me señalaba, nadie, y por eso me confié, ¡maldición!

Hoy no han venido los boches y dormimos en las celdas y creo que no están cerradas por primera vez cuando alguien está dentro. Presos atípicos, heterogéneos, ciudadanos que jamás hemos delinquido detenidos por nada, por la locura europea, esta guerra salvaje, ¿acaso no la he descrito ya? Presos por ser judíos, aquí, en esta adorable Francia tan libre, no me entra en la cabeza.

Vuelvo a escribir a mi familia, les he pedido otras gafas... y libros... y mantequilla. Los gendarmes repiten que pronto vendrán los boches a por nosotros. Ellos solo cumplen órdenes, son unos mandados y se muestran serviciales, y hasta humildes, como si en el fondo supiesen que están traicionándose a ellos mismos, que nuestra derrota es la suya, que si continuamos así pronto les tocará a ellos.

Me secuestran, nos secuestran únicamente por ser judíos, pero yo soy una persona, un ser humano, ¿acaso eso no sirve para nada? He ido, hemos ido toda la familia a la iglesia y nos hemos bautizado. Ya no soy judía, soy cristiana, bautizada, ¿lo entendéis?, les explicaba una y otra vez a los gendarmes, y ellos: «Sí, pero llevas la señal infamante en la ropa, estás marcada, y ellos quieren interrogarte, solo obedecemos». Cuánta infamia esconde la obediencia.

Esperar y esperar, horas interminables que se pierden en un aburrimiento soporífico. ¡Libros, libros!, por favor, pero los gendarmes no leen libros, apenas el diario leído y releído de cabo a rabo... Y los malditos boches se hacen esperar. Que yo recuerde no eran malas personas, convivimos unos meses en el pueblo, confraternizamos. Justo cuando hacían una gran fiesta y el pueblo entero participaba, les llegó la orden de movilización: a Rusia, a matarse en las heladas estepas. Pobres chicos, me dije, y tuve lástima de algunos. Seguro que ahora, cuando les explique mi situación, me entenderán y pronto volveré a abrazar a mis hijas y a mi marido.

Uno, dos días encerrados, deambulando por la comisaría sin ton ni son, y los gendarmes, también. Su única ocupación es obedecer a los boches capturando judíos. Hoy han traído a una familia entera. Los padres de unos cuarenta y cinco años y los hijos de unos veinte, sanos y robustos. «Todo se arreglará», nos dijimos con los padres para no desalentar todavía más a sus hijos (Dios mío, sería horrible si mis niñas estuvieran aquí), aunque el padre, cuando conversamos en un apartado, me confirmó que estábamos vendidos. Entre los judíos había colaboracionistas que salvaban la piel delatando a los demás, a los herejes. Los comités judíos, baluartes del judaísmo más ortodoxo, entregaban listas de judíos que habían dejado de serlo a los nazis, como nosotros, porque de judía, ¿qué tengo? Ah, sí, la pinta. «A los de allá les va muy bien que nos persigan acá con semejante saña. Acuérdese de Spinoza», dijo. Y sí, me acordé: lo echaron fuera de la comunidad condenándole al ostracismo solo por pensar. Los intelectuales siempre sobramos en los conflictos, por eso, cuando los hay, siempre estamos en primera fila. Pensar es más peligroso que poner bombas.

«¿Será?», le pregunté. Yo no puedo perder la esperanza, tengo que ser fuerte por mi familia, tengo grandes e influyentes amigos. «Alguien tiene que sacarme de aquí, vendo miles de libros... mi primer libro fue llevado al cine... Mi marido removerá cielo y tierra para salvarme».

«Por eso mismo —me contestó—. Yo y mi mujer somos, éramos catedráticos». Siempre se empieza cortando la cabeza. Es el viejo odio a los intelectuales. Caminaba cabizbajo, consciente de que iba camino del matadero, y yo, de golpe, entendí por qué estaba aquí y no mi marido. Fue como una visión fugaz que atravesó mi conciencia: ser la gran escritora era mi ruina.

¿De qué sirve darle vueltas y vueltas a los hechos? Pero no puedo dejar de lamentarme. Nunca creí que hubiera tantos cobardes, que el miedo transformase tanto las conciencias: muchos amigos de toda la vida ahora me ignoran, y solo por haber nacido judía, algo aleatorio, porque ¿quién escoge dónde nacer?

El camión

¡Nos miras por encima del hombro, nos desprecias, no quieres tener nada que ver con la chusma judía! Pero ¡espera un poco! ¡Espera y volverán a confundirte con ella, te mezclarás con ella!

Por fin han llegado los boches. Nos dijeron que nos llevaban a Pithiviers y no necesitábamos llevar nada, apenas lo más personal, porque adonde íbamos nos darían lo necesario. Guardé como un tesoro mis remedios contra el asma.

Los desgraciados han cambiado tanto que no han contestado a ninguna pregunta, hechas en alemán. Nos han subido al camión con pocos miramientos y un desprecio absoluto, apenas disimulado delante de los franceses, pero cuando ellos no están nos tratan como a ganado y nos chillan por nada, y más cuando recogen a otros judíos por el camino, y a un delincuente esposado, al que han arrinconado entre dos boches, por si intenta escapar; por nosotras no padecen, saben que ni siquiera lo intentaremos: para qué si llevamos la estrella judía cosida en nuestras ropas y la raza marcada en las facciones. Cuatro boches, uno en cada esquina, bastan para vigilar a cincuenta personas frágiles, angustiadas, incrédulas.

Ahora son distintos. Antes, en el pueblo, confraternizamos tres meses con ellos y hasta me parecieron simpáticos, amables, incluso, alguno, culto. Mi marido hacía de traductor, jugaba al villar con ellos mientras se tomaban unas cervezas. Eran amables, nos saludaban cuando nos cruzábamos por la calle, coqueteaban sin cesar. Llegué a confiar en ellos, eran iguales a nosotros: personas. Sí escribí: *...la resonancia humana de aquellas palabras, de aquellos gestos, que demostraban que el alemán no era un monstruo sediento de sangre sino un soldado como los suyos, rompió de golpe el hielo entre el pueblo y el enemigo, entre el campesino y el invasor...*, y ahora son crueles, obscuros y tenebrosos, ajenos a cualquier razonamiento, a cualquier compasión, pétreas figuras que nos someten al horror intentando destruirnos. Les ciega la convicción de que están haciendo el bien, que están salvando a la Patria, y al mundo entero, pues nosotros somos los culpables de todo el mal.

Estoy furiosa, indignada, tenemos que hacer algo, les digo en un cuchicheo a mis compañeros de infortunio para que no nos oigan los boches, pero los compañeros me aconsejan no decir ni pío, pues puede ser peor. Llevamos la derrota en la mirada, pues hemos sido perseguidos, pogromados, condenados a ser judíos errantes: de la noche a la mañana otra vez en la calle. Hay frases que escribí y ahora las siento como latigazos: *Entre los judíos, todo se hacía de repente y a saltos. La suerte y la desgracia, la prosperidad y la miseria los fulminaban como los rayos del cielo al ganado.*

¡Ay! En voz muy baja un anciano, el único anciano detenido (llegó huyendo de Polonia y, por desgracia, lo han vuelto a detener), nos dice que ya existen campos de exterminio de judíos, solo se salvan los más fuertes porque los llevan a las fábricas convertidos en esclavos. Miro a los demás y compruebo que todos estamos en una edad óptima para trabajar. Aterrador. Y mis hijas, y mi marido... luego... ¿también? Cómo les extraño, cómo me extrañarán, cómo me arrepiento: «¡Huye!», me aconsejaron, Adler me lo dijo cuando cenamos con mis cuñadas hace ya un año siquiera, Cécile me rogaba cada día que huyese a Suiza, pero yo, pese a no ser vanidosa, siempre creí que una escritora de mi talla no podía ser entregada. Los franceses me defenderían, nos defenderían, y me obstiné en quedarme en este país tan hermoso, tan libre, tan querido. «Aquí, ¿un pogromo? ¡Imposible!», me decía. ¡Ay! Y ahora, esto. Pero ¡tiene que resolverse! No puede ser que me abandonen de esta manera: dando botes en la paila de un camión atestado. Alguien tiene que sacarme de esta pesadilla, pues ya he salido de algunas. Me acuerdo de Rusia, allí también nos quisieron matar los bolcheviques por ser ricos y judíos, huimos disfrazados de campesinos por Finlandia, y luego en París, mi padre rehízo la fortuna y mi madre... ¿acaso he tenido madre? Sí, claro, ese fantoche perverso y presumido. En la adolescencia me presentaba como su hermana, así no sabrían que tenía una hija tan mayor, y era peor, claro. Aquella maldita comediante: fingía desmayos para someter aún más a mi padre. Mis institutrices han sido más madres mías. *Mademoiselle* Rose, cómo te recuerdo, eras la única que me quería, ¿qué ha sido de ti? Nunca te he vuelto a encontrar pese a buscarte a menudo... Ah, espero que la buena y fiel Julie cuide de mis hijas hasta que yo vuelva, porque tengo que volver, seguro. Oh,

Dios mío, Dios mío, ¿por qué me confíe tanto? Como un inocente corderito me he dejado atrapar: ¡Judía!, ¡judía!, ¡judía!, me gritan hasta las piedras que saltan de la carretera.

El campo de concentración

Él, el inocente Hugo Grayer, podía quedar atrapado entre aquellos países en llamas, como una pobre rata en un edificio incendiado.

Lo escribí hace años, y ahora me toca a mí: como una rata en un edificio incendiado. Siempre les pasa a los demás, llegué a pensar, y ahora me pasa a mí lo que siempre he contado, este dolor, esta angustia, esta impotencia. Creía que escribía sobre los otros, pero era sobre mí misma.

Hemos llegado a Pithiviers tras seis horas de dar botes y más botes y chocar los unos contra los otros incomodándonos mutuamente, pero al bajar fue todavía peor: a formar en fila y a tratarnos mal, empujones y gritos, órdenes y órdenes y órdenes. Mientras, confirmaban los datos y nos arrebataban ciertas pertenencias. Ante mi insistencia, por fin un soldado se ha dignado a contestarme de mala manera y sin aclarar nada. Por supuesto, mañana nos envían a un campo de trabajo; Alemania, por la guerra, necesita mucha mano de obra en la retaguardia, que cuando tengamos un destino fijo nos dejarán comunicarnos con nuestros familiares, y ¡circule, circule rápido, rápido! Era tan repulsivo... no pude soportar tanta grosería, pues en el pueblo había sido amable con ellos, e intenté explicarle quién era, exigir mis derechos, escribir a mi familia, saber algo. Enseguida me arrepentí, pues el capitán se abalanzó sobre mí y brutalmente y en un horrible alemán me gritó que ahora únicamente era una puta judía, como todas las judías. Ya no tenía ni siquiera nombre ni pasado, era ese número escrito en esa lista. «¿Ves?, ¡nadie!», y me arreó un tremendo bofetón. Trastabillé y asenté mi mano en el suelo para no caer, pero mis gafas cayeron. Con rabia me agarró del brazo, me lo retorció, me arrastró hasta donde estaban tiradas y me gritó:

—¡Pisotéalas!, no las necesitarás nunca más. —Y yo bajé la cabeza y las hice trizas mientras me aguantaba las lágrimas. Estaba perdida, mi vida estaba tan rota como esas gafas pisoteadas. Otra vez convertida en judía, ese estigma que se estira por la tierra convirtiéndonos en culpables de cualquier calamidad. Hace años me dijeron que mi nombre bastaba para abrirme todas las puertas, y ahora, ¡qué ironía!, me las ha cerrado del todo. Odian la cultura, odian al que les planta cara, criticarles, hacerles sentir su sórdida necedad, su obediencia ciega a una concepción del mundo basada en un hipotético enemigo por entero maligno. Lo creen y no logran comprender nada más.

Campo de trabajo llaman a un maldito campo de concentración. Lo vi hace poco en el País Vasco: horrible: barracas y hacinación. Hendaya, Biarritz, fiestas y más fiestas, ¿en dónde se perdieron? Alguien tiene que salvarme, no puede ser que nadie... si soy... Pero por eso mismo...: *Otros sentirían a su vez unos escrúpulos exquisitos, se escudarían en su neutralidad bienintencionada, disfrutarían su maravillosa tranquilidad.* Lo sabía, sabía, en el fondo, lo que me pasaría si me quedaba disfrutando de esa tranquilidad pueblerina. Lo he escrito una y otra vez, pero me sentía protegida, por eso no hui, por eso ahora soy un personaje de una de mis novelas: cautiva, mariposa caída en la red.

Y a esperar... y esperar... y esperar deambulando por el maldito campo. En esto, un hombre rubicundo, ni siquiera parecía judío, me abordó y me preguntó:

—¿ Iréne Némirovsky, la escritora?

—Sí —le contesté pensando que igual me admiraba y me ayudaría, pero para mi sorpresa me espetó:

—¡Traidora, renegada! —mordiéndose la lengua y mirándome con un odio infinito. Me señalaba ante los demás, que no me miraban precisamente con benevolencia, todo lo contrario, enseguida me hicieron el vacío. Pensé en Spinosa y en la expulsión del mundo judío: toda su vida la tuvo que soportar, y solo por pensar. Continuó:

—No entiendo por qué me han detenido si yo soy un buen judío y el consejo no podía señalarme, como a ti, ¡renegada!, te lo mereces. Si los judíos no nos hubiésemos desunido ninguneándonos los unos a los otros, Hitler no podría hacer lo que está haciendo, pero como muchos se han vuelto católicos, musulmanes, ateos... A ver, yo, ¿por qué estoy aquí? ¡Maldita sea!

Era eso: ¿por qué a mí?, ¿por qué si soy...?, y encima yo soy la judía mala: he intentado dejar de serlo, y eso ellos no lo perdonan. Es verdad, ciertos judíos se aprovechan de nuestra ruina. En Israel se alegran de ello, así el mundo los compadece: ¡pobres judíos!, luchan por esa patria perdida hace siglos. Por un momento pensé que sería una más, que aquí resucitaría mi vieja mala sangre, pero no, yo nunca he sido judía, no tengo esa resistencia salvaje de los de mi raza, *esa energía tenaz (...) esa mezcla típicamente judía de insolencia y servilismo...* y me rindo, me hundo en la desesperación, en la impotencia absoluta.

Me odian. He dado lo mejor de mí misma para que el mundo se entienda, pero nada, me odian porque algún día triunfé. ¡Ay! ¡Cómo me duele haber triunfado!

Tras semejante ataque me quedé lela. Luego, mis conocidos de la gendarmería me consolaron. «¿Qué hacer, ¿qué...?», nos preguntábamos. Todo mí ser gritaba: «¡Socorro, socorro!, necesito saber de mis hijas, de mi marido». Por fin alguien se compadeció de mí y me regaló un pedazo de lápiz y un trozo de papel, que había logrado esconder. He escrito cuatro palabras a mi familia por si encuentro la oportunidad de dárselo a alguien en algún descuido.

También nos han obligado a ducharnos: hombres a un lado y mujeres al otro. Qué alivio sacarme el sudor, pero qué desagradable esta falta de intimidad, esta promiscuidad, yo que siempre, ¿siempre? *...Porque el ser humano, para vivir, necesita un mínimo de aire respirable, cierta dosis de oxígeno e ilusión*, y ahora apiñada en este sarantontón insoportable.

Me sentía en un pedestal y, en un día, reducida a nada. Los desgraciados que me rodean ya tienen a otra aún más desgraciada para, así, consolarse. Sola, y sin poder escribir ni una línea, ni leer, cómo lo echo en falta... ¿y mi marido... mis hijas? ¡Qué angustia!... Alguien tiene que salvarme, mientras estemos en Francia no puedo perder la esperanza. Necesito ser fuerte, luchar por ellos... y por mí, aunque... No caer pese al desaliento y el asma que me ronda. ¡Ay!, acabo de escribir el lamento de la Francia ocupada y ahora soy la judía ocupada y me lamento estérilmente.

Por la noche nos han separado: hombres en un barracón, mujeres en otro, y nos han dado una asquerosa sopa, un trozo de pan duro y a dormir, que mañana partimos hacia no sé dónde.

El tren al infierno

Ahora la muchedumbre parecía formar un solo ser,
que temblaba como un perro ante la amenaza del látigo.

En el campo de concentración aún nos consolábamos, aún; sin embargo, cuando nos llevaron al tren y nos embarcaron hacia quién sabe dónde, ni una palabra, ni una explicación, el consuelo se volvió imposible: velozmente nos fuimos convirtiendo en ratas que nos peleábamos por un poco de aire, un bocado de pan, un sorbo de agua. *Todo el mundo está de acuerdo en la necesidad de sacrificio siempre que lo haga el vecino*, escribí, y ahora...

A escondidas logré garabatear una breve nota a mi familia: «Ya nos llevan a... Nos llevan, es lo único cierto». Luego, con gran suerte, se la he podido dar a un conocido en la estación a la que nos han acarreado como a animales camino del matadero. Tal era la aglomeración cuando nos embarcaban en el tren que a ratos los boches perdían el control. Mil personas amontonadas para entrar en un tren de mercancías son un rompecabezas.

Se han sacado la máscara de una vez por todas: a gritos y patadas rompen nuestro cuerpo y nuestra alma sin más. Nada de piedad. Me arrojan sobre un montón de judías que abarrotan un repleto vagón. Las habían subido a empujones, ya estaban ultrajadas, ya luchaban por un mendrugo. Estaba tan aturdida que me iba a dejar caer inerte, cuando una mujer me agarró de la mano y me hizo un sitio a su lado. Era gitana y se llamaba Raquel. Estaba detrás de mí cuando me hicieron pisar mis gafas y admiraba mi intento de protesta; con una simple mirada me lo hizo sentir. A ella esto no le venía de nuevo. Siempre había vivido así: perseguida, apaleada por nada, y siempre a salto de mata. Me vio tan indefensa que espontáneamente se identificó y me ayudó.

Es un vagón vacío, salvo en un rincón donde han puesto un tanque con agua verdosa y un jarro de lata para saciar la sed, y en otro rincón otro tanque más bajo para las necesidades... y tras una espera sofocante empezó el viaje en aquel vagón infernal con las puertas precintadas y ese rincón apestoso por nuestras propias heces. Hacerlo allí, delante de todo el mundo, es horrible. No hay nada peor que la promiscuidad, te deja en nada; yo, Irléne Némirovsky, en una semana convertida en nada. Era una diosa y ahora soy un trapo. Y el calor cuando el sol... y el frío al amanecer, el hambre... y mi marido, mis hijas... mis hijas, y no puedo contener las lágrimas que ruedan por mis mejillas y se pierden entre mis labios con su sabor salobre ya olvidado.

Éramos una ola de lamentos: «¿Por qué, por qué señor a mí?», decíamos todas a la vez, si somos francesas, y yo mismo soy católica, pero presiento que ese dios católico no es nadie, pues permite que nos ultrajen, me ultrajen de esta manera. Destrozada, convertida en esclava, sin derechos, sin intimidad. Son tan fríos, tan perversos... ¡Ay! Mis hijas, mi marido, ¿también?... ¿También? ¡No, no, no!

Horas, tal vez días, qué sé yo si ni siquiera han abierto la puerta, hasta que me viene un ataque de asma que ni la medicina puede controlar. Grité, es un decir pues apenas me salía un silbido agónico de la garganta: «¡Mátenme por favor, aplástenme entre todas!, Raquel, ¡tú! —les pedí a ella y a las otras mujeres con las que me apretujaba—. ¡No puedo más, no puedo más!». No me hicieron ni caso pese a que algunas me habían mirado mal por traicionar al judaísmo, pero dentro de ese vagón sobrevivir era lo único importante.

Oh, por fin se ha detenido el tren, supongo en una estación. Oh, que abran las puertas, que respiremos, necesito salir, no puedo más, necesito aire, aire puro, aire por favor. Aporreé la puerta con furia, pero solo conseguí que me sangrasen los nudillos. Me dejé caer y ahí mismo lloré y lloré sin pudor mientras luchaba por respirar, ¿qué quedaba de mí?

Y mi asma, cada vez peor, ni el remedio sirve ya. Intento rodar por el suelo, caigo encima de las otras, aúllo sin dignidad: ¡aire, aire por favor! Desesperada, me arrastro buscando una grieta en el piso, en las paredes y, por fin, un huequito de algún tornillo que se ha caído. Pego mi boca al suelo y consigo aspirar un hilito de aire, de vida.

Llegar, llegar se convierte en sueño, a Alemania o adonde fuera, pero llegar. He perdido la cuenta de las horas, de los días y de mí misma, soy un puro silbido que, a duras penas, puede dejar entrar aire a mis pulmones. Soy un guiñapo. Ya no me aguanto más.

El infierno

...de que se lo quitarían todo, de que la vida era tan inestable como un vacilante decorado a punto de derrumbarse y dejar al descubierto Dios sabía qué abismo.

Hemos llegado, las puertas se abren ¡aire, aire por fin! Pese a quedar cegada por la luz me siento feliz, pues todo mi cuerpo clamaba por este aire puro... y ver la tierra... el cielo... estirar las piernas. Embriagador..., si alguien me diese un vaso de agua para mi garganta seca sería el cielo. Mi lengua parece lija, un vaso de agua, por favor... Sin embargo, enseguida nos ponen en fila sin importarles nuestro agotamiento. Ni siquiera podemos ponernos en pie, al menos yo, pero Raquel, la gitana, me sostiene hasta que pueda hacerlo sola para enfrentarme al horror. Comprendo de inmediato: este vagón insoportable únicamente ha sido el preludio de lo que nos espera.

Desde luego, esos dos o tres días encerradas en medio de tanta promiscuidad acaba con cualquier resistencia y con cualquier ego. Saben lo que hacen, los malditos. Nada de humanidad. No debe quedar ni una ilusión ni algo bello. Hasta el horizonte debe ser horrible y siniestro. Todo está calculado con absoluta frialdad para destruir cualquier esperanza. Sobrevivir como bestias, sin serlo, es la única alternativa: *¿Qué importaba la salud, la vida de un ser humano en momentos como aquellos? ¿Qué más daba que Fulano muriera o Mengano viviera?* He escapado de guerras y revoluciones, he descrito el conformismo burgués, y ahora, atrapada justamente por comportarme con ese conformismo: *Planeaban su futuro sin prisas, con prudencia, con breves pasos reticentes, cautelosos, como el niño que construye un castillo de naipes conteniendo la respiración. Sin embargo, mientras que el niño sabe que el castillo es frágil, aquellos burgueses estaban seguros del porvenir.* Así, así me he comportado, sin hacer caso de nadie, creyéndome segura, intocable, y ahora, ahora ya no tengo ahora.

No respetan ni a ancianas ni a enfermas ni a niños, que también los hay, y sin más nos quitan nuestras pertenencias, nos desnudan, nos bañan como a caballos en una cuadra. Fue cuando me dio un ataque y caí exánime, pese a que Raquel intentó ayudarme. Lo sé: las que caemos estamos condenadas, pero esta vez me reanimaron a golpes. Los maldije, y fue peor.

Cuando me recuperé, en vez de nuestra ropa nos han dado una especie de pijama con un número bien claro en el pecho, ya no necesitamos la estrella de David para saber que hemos nacido judías. Un soldado nos controlaba lista en mano, creyendo que no le entendía dijo como para sí: «A ver, Némirovsky... escritora... una intelectual. No nos servirá», pese a todo me tatuaron el mismo número del pijama en el brazo mientras yo me decía: «Los intelectuales ¿para qué servimos vivos? Una vez muertos somos otra cosa: ya tienen un nuevo nombre para otra calle o plaza y, a veces, hasta para un monumento. También para hacer discursos grandilocuentes sobre nuestras palabras cuando ya no podemos añadir nada más».

Convertida en un número, *rebajada al nivel de un salvaje. Como si de pronto me hubieran obligado a bailar cubierto de tatuajes y con un anillo en la nariz*, escribí, y ahora, Dios mío (sigo llamándote sabiendo que jamás escuchas), estaría mejor entre los salvajes, ¿o tal vez la civilización es aprender a destruir concienzudamente a los demás?

Mi misma amiga, Raquel, la compañera, el apoyo en el viaje infernal que compartió conmigo su optimismo y su vitalidad —y, hasta ahora que estoy tan débil, me ayuda a levantarme—, me ha robado el pan y se lo ha zampado en un instante, y cuando le recrimino, contesta:

—¡Cállate, idiota!, aquí no estamos por la literatura sino por sobrevivir como sea, así sea robando a la compañera lela. Yo quiero vivir, ¿comprendes?

Apaleada, robada, humillada, y con un número tatuado en el brazo, y encima sufriendo la «rabia nazi contra los intelectuales». Me siento como un negro apresado por los traficantes de esclavos: a los que no obedecemos ni servimos para nada simplemente nos matan, pero creo que más vale morir... pero ¿mi familia?... mi familia, ¡ay, dios!, ¿también irán a por ellos?

Supe todo esto cuando vi a aquellas personas convertidas en esqueletos vivientes, supe, con certeza, que ya no tenía escapatoria, que estaba vendida, acabada y llena de arrepentimiento tardío, como siempre. Tengo un abatimiento absoluto. Ya no existo, no me queda ni la esperanza. Recordé: *una extraña tristeza que tenía poco de humano, porque no comportaba ni valentía ni esperanza. Así es como los animales esperan la muerte. Así es como el pez atrapado en la red ve pasar una y otra vez la sombra del pescador.*

Y lloraba y lloraba, pero cuando asomaba algún boche me tragaba las lágrimas de golpe: ninguna debilidad ante la bestia, que sienta mi desprecio, pese a estar en sus manos. Quiero escupirles su ignominia. Desean rebajarnos, vernos de rodillas pidiéndoles clemencia, pero no les daré nunca semejante satisfacción. Saber caer con dignidad es algo practicado desde muy antiguo por nuestra raza.

Yo peleándome por un plato de agua sucia, al que llaman comida, si hasta huele a orines y gargajos, ¡qué asco! Prefiero morir de inanición. Ni un día más, ni una hora, ni un segundo más, por favor... ¡Basta ya!

Una angustia mortal me posee, me horroriza pensar que mis niñas también... Yo, de niña, me entrené para sufrir sin quejarme, pero mis hijas no... Oh, mis niñas, mis niñas, ¿qué será de ellas?... ¡No, no!, este horror para ellas, ¡no! ¡no!, por favor. También tendrán que pasar por todo esto si los gendarmes las entregan. ¿Y mi marido? ¿Qué fin tendrá? La ficción más cruel y monstruosa que he imaginado y descrito en mis novelas es nada comparado con este horror en carne propia. Es horrible: *Un torrente implacable arrastrará a los seres queridos, los días tranquilos, y se los llevará lejos, para siempre jamás,* y ahora me pasa... Creía que escribía ficción, pero, dios mío, es realidad. Atroz, atroz, y encima la *kapo* de mi barracón es una mala puta, literalmente. Me odia a conciencia porque no me he vendido por un trozo de pan. Por su parte, la más veterana del hangar es una sádica que ejerce con gusto su maldad... *como las perras rabiosas que a menudo somos las mujeres entre nosotras.* Es una tortura constante e insoportable, y lo insoportable se vuelve eterno, se pega a la piel como una lapa viscosa e irritante.

Las fuerzas se me agotan, me caigo a cada rato y hasta mis compañeras más duras e indiferentes se apiadan de mí, ya no me señalan porque ya estoy señalada, y condenada. Me ponen la mano en la frente para comprobar que ardo y que deliro, a ver si así la desgraciada de la *kapo* me manda a la enfermería, pero nada: a agonizar lentamente. Pobrecita, dicen, menos esas dos perras rabiosas: son peores que los nazis.

No lo sé. Es nuestro sino. A mí, siempre me lo han arrancado todo... y entonces, viéndome que ya no sirvo para nada, ni para levantarme del jergón, por fin me han llevado a la enfermería. Nadie ha vuelto de ahí. Allí no curan, sino que rematan. Me han arrojado sobre un jergón miserable para que continúe agonizando, y delirando. Creían que no los escuchaba. Dijeron:

—A esta no hace falta gasearla, ya mismo se nos muere.

El fin

¡Orillas dichosas a las que la tormenta jamás llegaría,
en las que únicamente soplarían suaves y perfumadas brisas!

Mis niñas aquí, junto a mí, ¿no las veis? Si ríen por nada, son inocentes, han tenido una madre, y no como yo... Quería que no creciese porque cada año mío era uno menos para ella, pero con los años ni siquiera el montón de perlas que llevaba al cuello lograban disimular sus arrugas. Ni me abrazaba por miedo a las manchas y las rugosidades posibles en su vestido, y luego yo lloraba y lloraba y lloraba hasta que Rose me consolaba. Ella fue mi verdadera madre, ¿por qué te fuiste en ese tren destartalado? Ah, sí, la revolución, la maldita revolución... y Rasputín irguiéndose por encima de la muerte, maldiciendo a los vivos y a los muertos porque está por arriba de todo eso... y Moscú que arde, lenguas de fuego lamen mi rostro y pisoteo cadáveres en la calle llena de escombros... Papá, papá, ¿por qué me olvidas en la puerta del casino? ¿Por qué no me arropas y me cuidas, tú que siempre me adoraste?... Oh, y ahora bailo en brazos de un hombre adorable, oh, ¡qué gozo! Michel, Michel, maridito lindo, guapo, ¿verdad? No tengáis envidia como mi madre. ¿Por qué me grita?, ¿Por qué siempre encuentra algo mal hecho? Papá, papá, ¡¿por qué te dejas pisotear por esa bruja?!

«¡Judía, judía, judía!», me gritan horribles voces. No las consigo acallar ni tapándome los oídos, y ¡no, no, nooo...! ¿Por qué? ¿Por qué si soy francesa... francesa... francesa...? Me resisto. No me agarran, logro escurrirme, ¡escapo!... pero al abismo sin fin.

¡Piojos, ratas, chinches! A cientos, a miles, corren por mi cuerpo igual que los hombres corren por el mundo. Soy su Tierra, aunque no puedo ni pararme, pues ardo... Michel, ardo. ¡¿Michel?! ¿Estás aquí? ¿Michel? ¡Oh!, no te desvanezcas cuando quiero tocarte, Dios mío, Dios mío, ¿también tú, Michel, me has abandonado? ¡Noo!, champán, más champán, y que no pare la música, que el instante no acabe nunca... Oh, Julie, Julie querida, tú no abandonarás a mis hijas como mi madre a mí... mi madre... ella sí que escapará, seguro, pero tú, Julie, tú cuidarás de ellas y las salvarás, ¿verdad?... Oh, mis niñas, venid a mis brazos así me ahogue, no me importa caer porque vuelvo a estrecharos. ¡Qué pre...cios...sasss...! Pero, no, ¡horror!, no puede ser que también os hayan traído acá, ¡nooo!... mis niñas... por mi culpa, acá... ¡nooo...!

Miss Matthews, ¿qué hace usted aquí? Oh, me ofrece el consuelo del éter, sí, lo vuelvo a oler... éter, éter... ya estoy fuera de mi cuerpo, ¿cuerpo?, chinches, piojos y garrapatas es lo que soy, qué horrible, ¿verdad?... Cecile, qué casa más bonita tienes, y qué pueblo tan tranquilo, pese a los boches que intentan seducirlas. Uno de ellos toca bien el piano, y sus manos, sus manos son preciosas, ¡ja, ja, ja! ¿Quién controla a la mente? A ver, ¿quién?... Y esta tos, ¡maldita sea!, esta tos, este estertor de la garganta que se cierra más y más. ¡Ay!, me arranca trozos de carne y de sangre, y lloro y gimo y nadie me consuela, nadie me da la medicina, nadie. Calla, Grasset, no continúes diciéndome: «Eres la mejor, deberías estar en un pedestal, eres...». ¡Traidor, infame! Cuando te agarre te comeré las entrañas... Ohhh..., nieve, nieve blanca, pura, que cae sobre mi rostro arrobado mientras el trineo vuela entre los árboles... Libres, libres por fin gracias a la maldita revolución... Y tú, tú, ¿quién eres? Ah, Turgueniev, ¿y tú?... ¿Chejov?, claro, Chejov, ¡qué alegría! Qué alegría encontraros entre la verdosa bruma de San Petersburgo, esa que deforma los cuerpos como si fuesen almas en pena. Jamás hemos encontrado lo soñado... ¿Lo soñado?... ¿Lo perdido?... Porque yo... Una rata muerta. Nadie volverá a verme, ¡nadie!

¡Dios! ¿También estás aquí? ¡Qué feo eres! Pareces un monstruo inmisericorde, y pensar que te he rezado con fervor pidiéndote clemencia, pero jamás has respondido.

¡Qué feo eres!

Índice

Este libro se terminó de editar en Granada
en enero de 2026 por

Aliarediciones

www.aliarediciones.es

info@aliarediciones.es